¡Oh, hermano!

¡Oh, hermano!

Adaptado por Sarah Nathan

Basado en la serie creada por Todd J. Greenwald

La primera parte está basada en el episodio *Justin's Little Sister*, escrito por Eve Weston

La segunda parte está basada en el episodio *Alex in the Middle*, escrito por Matt Goldman

ISBN: 978-84-9951-124-5

Publicado por Libros Disney, un sello editorial
de The Walt Disney Company Iberia, S.L.
c/ José Bardasano Baos, 9
28016 MADRID

Impreso en España / Printed in Spain
Depósito Legal: M-1292-2011

PRIMERA PARTE

Capítulo Uno

Alex Russo estaba en el aula de sociales del señor Laritate hablando con su mejor amiga, Harper Evans. Tenía la mirada clavada en la puerta, esperando que entrara su profesor. Justo cuando sonó la campana, entró. Llevaba su traje de siempre pero, en vez de llevar una corbata normal, se ponía una cinta de cuero con una chapa de metal como las que llevan los *cowboys*.

—¡Vamos, exploradores de la historia, basta de alboroto! —gritó el señor Laritate—. Empecemos la clase del jueves como siempre, con un examen oral por sorpresa —dijo después de hacer una pausa teatral para rematar.

Todos los alumnos refunfuñaron. Alex se volvió hacia Harper, sentada detrás de ella.

—¡Ay, madre! —dijo sarcásticamente—. El examen oral sorpresa de todos los jueves. Me ha pillado completamente desprevenida —añadió poniendo los ojos en blanco.

El señor Laritate recorrió el aula con la mirada para ver a quién preguntaba primero.

—Sin seguir ningún orden, veamos... Wendy Bott. ¡Tú misma! —dijo—. En la guerra francoindia hubo tres bandos. Dime dos de ellos.

Wendy se puso de pie y se revolvió muy nerviosa.

—Hum... los franceses eran uno, seguro —dijo tartamudeando—. Y el otro... A ver si acierto... ¿Los indios?

—¡Muy bien! —dijo el señor Laritate sonriendo y sacudiendo el cencerro de vacas que había encima de la mesa.

Luego llamó a la siguiente alumna.

—Nelly Rodríguez, te toca. La guerra de 1812: ¿en qué año empezó?

—¡Oh, vaya! —exclamó Nelly nerviosa—. Esa sí que me la había estudiado —dijo mientras se miraba la mano en la que llevaba escrita la respuesta—. Eeeh... ¿1812? —preguntó.

El señor Laritate volvió a sacudir el cencerro.

—¡Otra ganadora! —dijo muy contento.

De repente, su mirada cayó en Alex.

—Alex Russo —dijo—. La doctrina Monroe: ¿qué es? ¿Cuándo se aprobó? Haga una defensa de ella de dos minutos, por favor.

Alex no se lo podía creer. ¡A las demás les había hecho preguntas facilísimas! ¡Qué injusticia!

—Espere un momento —dijo poniéndose de pie—. Las otras preguntas contenían la respuesta. Mi pregunta debería haber sido: «La doctrina Monroe, ¿de quién es?». Yo habría contestado «de Monroe» y usted habría dicho: «Yupi-chachi-guay, Alex. ¡Sigue así!».

—¡Ah, Alex! —dijo el señor Laritate con voz quejumbrosa, moviendo la cabeza—. Desde luego, no eres como tu hermano Justin.

—No, no lo soy —asintió Alex—. Soy más guapa y mucho más divertida y no llevo hilo dental colgado en un llavero.

El señor Laritate sonrió y rebuscó algo en su bolsillo.

—¡Pues yo sí! —dijo sacando un llavero que llevaba hilo dental colgado—. Me lo hizo Justin. ¡Ah, Justin! ¡Qué tiempos aquellos!

Mientras se sentaba de nuevo, Alex se volvió hacia Harper.

—¿Puedes creértelo? —preguntó—. ¡Me compara con Justin!

—Lo sé. Es difícil estar a la altura de Justin —dijo Harper comprensiva.

De pronto, al pensar en Justin, se le puso una expresión soñadora.

—Es tan guapo y tan listo —dijo—. Y tiene unas encías muy sanas. Quiero decir que...

—Vale —dijo Alex levantando la mano—. Entendido. Usa hilo dental. ¡Hagámoslo presidente!

Alex se dio la vuelta y se desplomó en su asiento. ¡Iba a ser una de sociales larguísima!

En la cocina de Waverly Sub, la tienda de sándwiches y bocadillos de la familia Russo, la señora Russo se puso un delantal. Se disponía a preparar unos sándwiches cuando entraron Alex y Justin.

—¿Qué tal han ido las clases hoy? —preguntó mirando primero a Alex y después a Justin—. Esperad, dejadme que lo adivine ¿Quién se ha metido en líos? —dijo mirando a su hija directamente. Sabía perfectamente que su hija tenía una facilidad especial para meterse en toda clase de problemas.

Justin sonrió con aire de suficiencia mientras Alex alargaba el brazo para abrir la puerta del congelador. En realidad esa puerta era la entrada a la guarida de los Magos, la habitación donde el señor Russo daba clases de magia a sus hijos todos los martes y los jueves después del colegio. Los hermanos Russo tenían poderes mágicos, y eran aprendices de mago. Su padre había perdido sus poderes al casarse con su madre, una mortal. Ahora, daba lecciones de magia a los chicos para prepararlos para la competición familiar de magos cuando cumplieran los dieciocho años. Había mucho en juego porque solo uno de ellos podía ganar y seguir siendo mago.

Alex suspiró y se volvió hacia su madre.

—Bueno, me hicieron una pregunta muy difícil por culpa de Justin, me metí en líos por culpa de Justin y me reclutaron para el equipo de matemáticas por culpa de Justin —se quejó.

Se dio la vuelta y entró en la guarida. La vida sería mucho más fácil sin Justin, pensó con tristeza.

La señora Russo miró a Justin, que parecía muy orgulloso de sí mismo, y enarcó las cejas.

—¿Por qué sonríes tú? —preguntó.

—No sabía que había tenido un día tan productivo —dijo regodeándose.

Capítulo Dos

Cuando Alex entró en la guarida, su padre estaba preparando el material para la lección del día. Max, su hermano pequeño, ya estaba sentado en su sitio esperando que empezara la clase. Justin entró detrás de Alex, y el señor Russo miró a los tres y sonrió.

—Bien —dijo—. La lección de hoy es sobre los genios.

—Yo conozco a una genio —dijo Max con expresión soñadora—. Eugenia Kovalski. A las genias no les gusta que les des tobas en las orejas. Esa es la primera lección.

—No. La primera lección es: deja en paz a esa chica. Es mayor que tú. Y la segunda lección es sobre los genios que viven en lámparas —respondió su padre señalando la pizarra en la que había dibujado una lámpara de genio—. Son los maestros del timo del mundo mágico —les advirtió.

—¿Maestros del timo? —preguntó Alex—. Creía que debían concederte tres deseos.

—Y te los conceden —intervino Justin—. Pero cogen tu deseo y lo retuercen de tal manera que se convierte en algo que no habrías deseado nunca.

—¿Es Alex una genio? —preguntó Max.

El señor Russo y Justin se echaron a reír.

—No —dijo el señor Russo—. Solo es tu hermana mayor. Pero está bien, Max. Has entendido la idea.

—¡Bah! A mí no podría engañarme ningún genio —dijo Alex muy segura de sí misma—. Le haría desear no haberme conocido.

—No hace falta ser un genio para desearlo

—dijo Justin con arrogancia sentándose en el sofá.

Alex le lanzó una mirada asesina y agarró la lámpara que estaba encima de la mesa.

—Bueno, ¿vamos a sacar a ese genio o no? —preguntó.

—¡No puedes sacar a los genios de las lámparas porque son muy astutos! —exclamó Justin quitándole la lámpara de las manos y acunándola entre sus brazos—. Una vez fuera de la lámpara, es difícil volver a meterlos dentro.

—Sí, Alex —dijo el señor Russo—. Todo esto venía en el manual que os di y que, obviamente, tú no has leído.

Cogió la lámpara de los brazos de Justin y la colocó cuidadosamente encima de la mesa—. ¿Por qué no puedes ser un poco más como tu hermano?

—¡Porque no quiero hacerme vieja y acabar sola! —respondió Alex.

—Un momento —intervino Max mirando a la lámpara y después a su padre—. ¿Eso significa que vamos a dar una clase sobre genios sin ver ningún genio?

—No. El genio no va a salir de la lámpara —dijo el señor Russo—. Somos nosotros los que vamos a entrar —añadió sonriendo—. Vamos, Justin, métenos dentro.

Los cuatro se agarraron de las manos formando un círculo. Justin cerró los ojos con fuerza.

—Redúcenos a tamaño pequeño y llévanos dentro a ver al genio —canturreó con voz grave.

¡De repente, los cuatro aparecieron dentro de la lámpara! Estaba decorada con telas doradas y rojas y en el centro había un sofá muy lujoso. En ese momento apareció una genio con un vestido púrpura y oro.

—¡Vaya, cantantes de villancicos! —gritó la genio—. Es un poco pronto pero ¿a quién no le gusta una *marimorena*? ¡Vamos, chicos! ¡Un dos, un dos tres y...

—¡Ejem! —la interrumpió el señor Russo—.

Oiga, nosotros no somos cantantes de villancicos. Estamos en viaje de estudios —explicó—. Estoy mostrando a estos jóvenes magos cómo es un genio en su hábitat natural.

La genio se detuvo.

—¡Ah, lo siento! No esperaba compañía. No tengo comida suficiente —dijo.

Miró la bandeja que llevaba en las manos. Estaba llena de cosas ricas. La lanzó por encima de su hombro para deshacerse de las pruebas.

—¡Pero conozco una pizzería fabulosa! A todo el mundo le gusta la pizza ¿verdad? Está en la Ochenta y seis con Columbus y tiene una barra entera llena de ingredientes.

—¿Una barra de ingredientes? —preguntó Alex acercándose a la genio.

—¿No es increíble? —dijo la genio sonriendo.

—Suena genial —dijo Alex agarrándola de las manos—. ¡Salgamos de aquí!

—¡Vamos! —dijo la genio sonriendo entusiasmada.

—Ahora somos de tamaño pequeño —canturreó Alex—. Pero...

Justin le puso la mano en la boca para hacerla callar. No podía creerse lo rápido que había caído en la trampa de la genio.

—¿Has visto, papá? —preguntó—. Creía que un genio no podría engañarla y ha estado a punto de liberarla.

—Nada de eso —dijo Alex sarcásticamente—. Iba a taparme la boca yo.

El señor Russo asintió.

—Por eso os he traído aquí —explicó—. Para mostraros lo astutos que pueden ser los genios.

—Es verdad —dijo la genio muy seria—. Los genios pueden ser muy astutos —añadió mirando a Alex con una sonrisa maliciosa—. Eh, ¿por qué no lo hablamos mientras nos tomamos un café con leche? ¡Hay un sitio en Brooklyn donde hacen unos cafés con leche y albahaca deliciosos!

—¡Oh, café con leche con albahaca! Suena

genial —exclamó Alex—. ¿Te pones una chaqueta y nos vamos?

—¡Sí! —susurró la genio mientras salía rápidamente a buscar su abrigo.

Alex se volvió hacia su padre.

—¿Has visto eso? Acabo de engañar a la genio —dijo alargando la mano para agarrarse a ellos de nuevo—. Venga, salgamos de aquí.

—¿Sabéis una cosa? —dijo el señor Russo sonriendo mientras se cogían de las manos—. Me he enterado de que hay una pizzería con una barra de ingredientes. ¡Sácanos de aquí!

—Ahora tenemos un tamaño pequeño —dijo Justin—. Pero ya hemos acabado la visita al genio.

Con esas palabras, los Russo se transportaron por arte de magia a la pizzería.

Capítulo Tres

Al día siguiente, Alex entró corriendo en el aula del señor Laritate, esperando llegar pronto por una vez. Afortunadamente, no había nadie aún. Alex sacó la lámpara del genio de su mochila. Se la había llevado a hurtadillas esa mañana, quería formular un deseo solo para ver qué pasaba. Inspiró profundamente y frotó un lado.

Sería guay que Justin desapareciera por un tiempo —pensó. Así no tendría que oír constantemente lo maravilloso que era.

De repente, la genio apareció en la mesa del señor Laritate. Iba vestida más informal que la vez anterior y llevaba una serpiente viva y un desatacasdor.

—¡Ah, eres tú! —dijo la genio al ver a Alex—. En este momento estaba desatascando el serpentín del desagüe.

La genio chasqueó los dedos y desapareció lo que tenía en las manos. Bajó de la mesa de un salto y se acercó a Alex.

—Vale —dijo suspirando. Inspiró profundamente y empezó su discurso habitual—. Gracias por frotar mi lámpara. Se que podías haber elegido cualquiera y te agradezco que te decidieras por la mía. Tus deseos son órdenes para mí. Te concedo tres deseos. Bla-bla-bla. Esto no es válido en Vermont ni en Connecticut.

¡Eso era exactamente lo que Alex esperaba!

—Vale —dijo ansiosamente—. Deseo que la gente deje de compararme con Justin.

—¿Ah, tu hermano mayor? —preguntó—.

21

Un chico muy brillante. Me alegro de que no sea mi hermano. No podría vivir a su sombra.

—¡A eso me refiero! —dijo Alex—. Cumple mi deseo.

—Sí —chilló la genio alegremente.

De repente apareció un marcador en la pizarra con una X enorme debajo de un número uno.

—Sí. Ya está. Nunca volverán a compararte con tu hermano —dijo. Luego se inclinó hacia Alex—. Bueno, probablemente hayas oído que los genios siempre tratan de escaparse.

—No tienes que escaparte si yo dejo que te vayas —dijo Alex tranquilamente.

La genio se sorprendió.

—¿Me dejas marcharme? —preguntó.

—Claro —respondió Alex encogiéndose de hombros—. Adelante. Ya tengo mi deseo —dijo despidiéndose con la mano.

La genio se echó a reír tontamente cuando sonó la campana de la clase. Alex la empujó hacia la puerta.

—Va a empezar la clase. ¡Lárgate!

—¡Gracias! —dijo la genio entusiasmada.

—No. Gracias a ti —respondió Alex empujándola fuera de la clase cuando los alumnos empezaron a entrar.

En ese momento, entró el señor Laritate.

—Buenos días, mis pequeños coyotes —dijo—. Voy a poneros el examen sorpresa de los jueves el viernes —miró a su alrededor y sus ojos se detuvieron en Alex—. Alex Russo.

—Vamos allá —se dijo Alex. Esperaba que la magia de la genio funcionara.

—Dime los nombres de dos de las tres personas que participaron en la expedición de Lewis y Clark, en la que también estuvo Sacagawea —dijo el señor Laritate.

Alex no podía creerse lo que oía.

—Vaya, ¿acaba de darme las tres respuestas? —preguntó impresionada.

—No puedo dar pistas —dijo el señor Laritate con firmeza.

Alex sonrió.

—Vale —dijo—. Voy a decir Lewis y Clark. Y Sacagawea.

—¡Guau! —exclamó el señor Laritate—. ¡Tres de tres! Y solo había pedido dos. ¡Creo que tenemos una ganadora! ¡Dejemos que Alex toque el cencerro!

Alex miró a su profesor sorprendida.

—¿Hay alguien con quien quiera compararme? —preguntó esperando oír algo sobre Justin.

El señor Laritate pareció sorprenderse.

—No —dijo.

Alex sonrió, luego se acercó a la mesa del profesor y sacudió el cencerro.

—Gracias, genio —dijo para sí.

Maravilloso, pensó. Se acabó que me comparen con el pesado de mi hermano mayor. Esto va a ser *alucinante*.

Capítulo Cuatro

¿Puedes creerlo? —preguntó Alex a Harper mientras iban por el pasillo después de clase—. El señor Laritate no me ha hecho ninguna pregunta ridícula de las que solo Justin sabe responder.

Harper se volvió hacia ella extrañada.

—¿Quién es Justin? —preguntó.

—Como que «¿quién es Justin?» —preguntó Alex abriendo su taquilla. Se dio la vuelta y vio que su hermano acababa de llegar.

—¡Eh, Justin! —lo llamó.

—Alex, acaba de pasarme una cosa rarísima —dijo muy nervioso—. Me han echado de clase de química porque no estaba en la lista. Y le he dicho a la señora Rieber que tenía que haber un error, que llevo todo el semestre allí. Pero no se acuerda de mí.

—Vaya, sí que es raro —dijo Alex lentamente. Harper tampoco se acordaba de Justin... algo estaba saliendo mal.

—Cualquiera recordaría a quien inventó la canción de la tabla periódica —continuó Justin. Luego inspiró y se puso a cantar—. Hidrógeno, Helio. Litio, Berilio. Boro...

—Hablando de bobos ¿por qué no vas a contar tu problema a tus amigos? —dijo señalando con la cabeza a un grupo de chicos que había en el pasillo.

—Vale —dijo Justin enfurruñado. Marchó hacia sus amigos.

Harper se volvió hacia Alex.

—¿Ese es Justin? —dijo con voz melosa—. ¿El chico nuevo que está buenísimo?

—No, ese chico que es mi hermano y que es un pringadísimo —contestó Alex.

Harper la miró extrañada.

—No, tú solo tienes un hermano —dijo—. Y se llama Max.

—¡Ay, madre! —gritó Alex cuando todas las piezas encajaron y se dio cuenta de lo que había hecho—. Harper, tengo que irme. Luego te veo —dijo echando a correr.

—Vale —contestó Harper mientras se marchaba—. Pero me pido a Justin, el chico nuevo. A mí me gustó antes.

—Todo tuyo —respondió Alex.

Justin estaba en el pasillo hablando con uno de sus amigos... que tampoco parecía acordarse de él.

—Jugamos a los videojuegos. Fue ayer, ¿recuerdas? —decía Justin—. Me entusiasmé demasiado e hiperventilé. Tu madre tuvo que darme una bolsa.

—Lo siento, tío —dijo el amigo de Justin—. Que tengas suerte con lo que sea.

¡El chico no tenía ni idea de quién era Justin!

—No tengo amigos —dijo Justin volviéndose hacia Alex. Parecía estar a punto de explotar—. Mi profesora no me recuerda. ¿Qué has hecho?

—¿Por qué lo dices? —gritó Alex—. Solo porque suceda algo completamente fuera de lo normal no significa automáticamente que yo tenga algo que ver.

Pero la expresión de culpabilidad de Alex hizo que Justin comprendiera todo.

—¿Has tenido algo que ver? —preguntó apuntándola con un dedo acusador.

Alex inspiró profundamente.

—Sí —reconoció avergonzada.

Justin gimió. Miró el pasillo lleno de gente ¿Cómo era posible que nadie se acordara de él?

—Yo le pedí un deseo a la genio para que dejaran de compararme contigo, pero creo que lo ha conseguido haciendo que todo el mundo te olvide —explicó Alex.

—Vale —dijo Justin inspirando profundamente. Ahora que comprendía cuál era el problema, pensó que debía ser fácil solucionarlo—. Dile al genio que quieres que todo el mundo me recuerde otra vez.

—No puedo —le dijo Alex—. La dejé marchar. Así no podía escaparse —añadió sonriéndole.

—Ah, ya lo entiendo —dijo Justin con tono burlón—. Es como darle tu dinero a un ladrón para que no te robe.

Alex encogió los hombros.

—Bueno, ¿qué quieres qué haga? —preguntó.

—Ya has hecho bastante —contestó Justin en tono cortante—. Vamos a tener que pedir ayuda a papá.

Después de las clases, Alex y Justin entraron en la tienda de sándwiches y bocadillos de la familia. El señor Russo estaba atendiendo las mesas pero se acercó al verlos entrar.

—Hola —dijo tendiendo la mano a Justin—. Yo soy Jerry, el padre de Alex —añadió—. Encantado de conocerte.

Después se fue a tomar nota a una mesa de la parte de atrás del restaurante.

—¡Ya nos conocemos! —gritó Justin, impresionado por lo que acababa de decir su padre.

Alex suspiró.

—No creo que papá vaya a ayudarnos.

En ese momento, la señora Russo salió de la cocina. ¡A lo mejor ella sí recordaba a Justin!, pensó Alex.

—¡Eh! ¿Quién es tu nuevo amigo? —dijo la señora Russo llevándose a Alex aparte—. Se parece un poco a tu tío Ernesto —añadió en voz baja acercándose más.

Alex se quedó sin habla. ¿Podía empeorar la situación?

Mientras tanto, Justin empezaba a comprender las consecuencias del deseo de Alex.

—No es solo en el colegio. ¡Nadie se acuerda de mí! —gritó.

Alex lo rodeó con el brazo e intentó animarlo.

—Míralo por el lado bueno —dijo dulcemente—. Ya verás cómo esta noche no tienes que lavar los platos.

Pero al ver la cara que ponía Justin, Alex comprendió que lavar los platos era la última de sus preocupaciones.

Capítulo Cinco

Alex agarró de la mano a Justin y lo llevó a la cocina para que pudieran hablar a solas del desastre que se les venía encima. Alex tenía que hacerle ver el lado bueno de su inexistencia y convencerlo de que descubriría la manera de arreglar su última chapuza mágica.

—Vale, Justin. Ya sé que parece horrible —dijo—. Nadie te recuerda. Pero lo arreglaré. Mientras tanto —añadió sonriéndole—, ¡piensa en todas las ventajas que tiene!

—¿Como cuál? —respondió Justin mirándola furioso—. ¿Como no tener que lavar los platos?

—¡Sí! —replicó Alex con entusiasmo. Aunque se daba cuenta de que no era un argumento muy convincente, trataba de ser positiva.

Justin se dio la vuelta.

—Lo cambiaría por que mis padres se acordaran de mí —murmuró. De repente se dio cuenta de algo—. ¿Dónde voy a dormir esta noche? —gritó.

—Yo dormí una vez en la mesa cinco —dijo Alex señalando una de las mesas del restaurante—. Es muy cómoda.

Justin se acercó a la pared y empezó a darse golpes en la cabeza contra ella. ¡Aquello iba de mal en peor!

Alex comprendió que tenía que hacer algo. Inspiró profundamente tratando de aclarar sus ideas.

—Vale —dijo rápidamente—. Sígueme —le dijo volviendo al restaurante.

Justin suspiró y salió de la cocina tras ella

frotándose la cabeza dolorida con la mano. Alex tiró de su madre y la llevó aparte.

—Mamá —dijo apremiante. Tenía que salirle bien—. Los padres de Justin van a estar una semana fuera de la ciudad y él no tiene dónde quedarse. Perdió las llaves cuando tropezó y se cayeron por la rejilla del metro —dijo muy deprisa.

—¡Oh, vaya! —dijo la señora Russo mirando a Justin con pena—. Bueno, puedes quedarte con nosotros hasta que regresen tus padres.

—¿En serio? —preguntó Justin emocionado por la hospitalidad de su madre.

—Mmmmmh —asintió antes de ir a tomar nota a un cliente.

—Gracias —dijo Justin.

—¿Lo has visto? —dijo Alex muy orgullosa—. Problema resuelto.

—Sí, es genial —dijo—. ¡Solo que mis padres no saben quién soy! —gritó levantando los brazos con desesperación.

En ese momento, Max Russo entró en el

restaurante. ¡Justin nunca se había alegrado tanto de ver a su hermano pequeño! ¡Seguro que Max se acordaba de él!

—¡Eh, Max! —gritó—. ¿Te acuerdas de mí?

—Por supuesto —dijo Max.

—¿De verdad? —exclamó Justin.

¡Por fin alguien sabía quién era!

—¡Sí! —dijo Max—. Eres el tío Ernesto. Te he visto en las fotos de mamá.

Justin dejó caer los hombros con abatimiento. ¡La situación empeoraba por segundos!

En ese momento, se abrió la puerta del restaurante y entró Harper muy deprisa. Llevaba una escultura de cerámica muy grande.

—Alex —dijo echando a correr hacia ella —. ¡Mira lo que he hecho en la clase de arte!

Alex miró lo que había hecho Harper y movió la cabeza. Era una escultura de la cabeza de Justin. ¡Y se parecía mucho a él!

—¡Ay, madre mía! —gritó Harper de repente—. ¡Está aquí!—. Tiró del brazo de Alex para reclamar su atención—. ¿Qué tal estoy?

Alex miró detenidamente la obra de arte de Harper.

—Mejor que él —respondió Alex riéndose y refiriéndose a la escultura. Luego se volvió hacia Justin para incluirlo en la conversación—. ¡Justin! —gritó—. ¡Mira quién está aquí! Y ha hecho una cosa... —hizo una pausa tratando de encontrar una palabra para describir la obra...— ¡Uau!

—¡Ah! ¡Hola Harper! —dijo Justin educadamente.

Harper dio un paso atrás sorprendida.

—¿Sabes cómo me llamo? —dijo con voz entrecortada—. He hecho esto para ti —añadió tendiéndole la escultura.

Se puso roja al darse cuenta de que había tres manchas de carmín en la cara de la escultura ¡y todas con forma de beso!

—¡Oh! Lo de las mejillas no es mi barra de labios —dijo rápidamente.

—Gracias, Harper —dijo Justin cogiendo la escultura—. La pondré en mi cuarto... en cuanto mis padres vuelvan de viaje —añadió mientras salía, mirando a Alex con frustración.

—¿Y dónde estás viviendo ahora? —preguntó Harper.

—Aquí —contestó Alex.

—¿Ya se ha venido a vivir aquí? —preguntó Harper frunciendo el ceño—. ¡Ya no respetas ningún código! ¡Me lo pedí yo! —dijo antes de salir del restaurante indignada.

Justin se acercó a su hermana.

—Alex, tenemos que hacer algo —dijo con tono apremiante.

—Bueno... No pueden olvidarse de ti. Eres su primogénito —dijo Alex tratando se seguir siendo positiva—. A lo mejor tenemos que refrescarles la memoria.

Fueron juntos hacia la mesa que estaban limpiando sus padres. Justin hizo una pausa y luego se lanzó a hablar muy nervioso.

—Señor Russo, señora Russo —dijo formalmente—. Ya que voy a quedarme con ustedes, sería una grosería no contarles algo de mí.

El señor Russo sonrió.

—Cuéntanos algo de ti —dijo.

—Oh, bueno. A Justin le encanta el colegio —dijo Alex apoyando el brazo en sus hombros.

—¿Le encanta el colegio? —preguntó la señora Russo entusiasmada—. ¡Eso sí que no lo habíamos oído nunca por aquí!

—Y me encanta ver deportes con mi padre —añadió Justin acercándose a su padre—. ¡Vamos Mets!

—¡Vaya! ¡Un hincha de los Mets! —exclamó el señor Russo—. Deberías haber empezado por ahí. Y, dime, ¿Jets o Giants?

—Jets —respondió Justin sabiendo lo mucho que le gustaban a su padre.

El señor Russo sonrió y le tendió la mano.

—¡Eso es! —dijo estrechando su mano—. ¡Bienvenido a la familia, Justin!

Justin se rió con él, un poco incómodo.

Alex se sentó en uno de los taburetes del mostrador mientras su madre limpiaba y

Justin y su padre hablaban de deportes.

—Justin es un buen partido —dijo su madre observando cómo hablaba con su marido—. Deberías salir con él —añadió inclinándose hacia Alex.

—¡Uf! ¡Qué horror! —dijo Alex arrugando la nariz.

—Eso es exactamente lo que dije yo de tu padre cuando lo conocí —confesó su madre. Luego miró a su marido y suspiró.—. ¡Y ahora es mi bicho peludo!

A Alex se le revolvió el estómago.

—¡Uf! ¡Peor aún! —exclamó.

Su padre se acercó a ella por detrás.

—Justin es un buen chico —dijo—. Deberías seguir su ejemplo.

¡¿Qué?! ¡Alex no podía creerlo! Seguían comparándola con Justin. Se levantó de su asiento y fue hacia su hermano.

—¡Incluso sin conocerte, quieren que sea como tú! —se quejó.

Justin se encogió de hombros.

—No puedes hacer que olviden lo que es bueno —dijo.

Alex suspiró: las cosas no habían hecho sino empeorar. ¿Qué iba a hacer ahora?

Capítulo Seis

Esa misma noche, más tarde, Alex y Justin estaban en pijama en el cuarto de estar de los Russo. Justin había hecho la cama en el sofá pero no podía irse a dormir sin haber organizado un plan.

—Vale. ¿Cómo vas a hacer que vuelva la genio? —preguntó a Alex.

Alex daba vueltas alrededor de la habitación.

—No lo sé —dijo sinceramente—. Me he estrujado el cerebro. Solo deseo que aparezca de una vez.

De repente se oyó un *puff* y apareció la genio.

—¡Uau! —exclamó la genio.

—¿Qué ha pasado? —preguntó Alex a Justin sin poder creerlo.

—Tú deseaste que volviera la genio. Y ha vuelto —le dijo Justin.

La genio se acercó a Alex.

—Y a propósito de eso. Acabas de gastar tu segundo deseo —dijo.

El marcador surgió de la nada, como por arte de magia y apareció una X sobre el número dos.

—Vale, Alex. Solo te queda un deseo —le advirtió Justin—. Elige las palabras con mucho cuidado.

—Lo sé, lo sé —dijo Alex aturullándose—. Me gustaría que dejaras de decirme...

Se detuvo en mitad de la frase. ¡Había estado a punto de gastar su último deseo! Se puso a andar en círculos pensando en voz alta.

—¡Ah! —dijo. Luego negó con la cabeza—. ¡No es eso! ¡No es eso! Voy a decirlo bien.

Vale. Deseo que la gente... No, no, no, no —siguió andando—. Ah, deseo que Justin sea... no, no, no. No lo harías bien. Deseo... Mi primer deseo... Deseo que mi hermano...

La genio se dejó caer en un sillón y se rió.

—Je, je. Esto va a estar bien.

—¡Oh! ¡Ya lo tengo! —exclamó Alex con una sonrisa enorme.

Justin se acercó a ella.

—Espera —dijo—. Déjame oírlo.

Pero Alex siguió adelante y soltó su tercer deseo.

—Ya está. Quiero que todo el mundo vea a Justin claramente como es.

—Espera —dijo Justin tratando de detenerla—. Puede haber un problema si dices la palabra... ¡Claramente!

Pero ya era demasiado tarde. ¡En cuanto Alex dijo aquellas palabras, Justin desapareció! Alex miró a su alrededor. Lo único que veía era un pijama flotando en el aire. ¡Justin se había vuelto invisible!

El marcador volvió a aparecer y esta vez estaban marcadas las tres X.

—Y ese es mi triple juego —dijo la genio con aire de suficiencia mientras abría la puerta para marcharse—. Gracias por frotar mi lámpara. De verdad. Puedes quedártela. Es más, utilízala como salsera. Pero recuerda que no puedes meterla en el lavavajillas. ¿Sabes lo que te digo? Métela en el lavaplatos. Me da igual.

Y se marchó.

—¡Alex, mira lo que has hecho! —gritó el invisible Justin—. ¡Me has arruinado la vida!

—Un momento —dijo Alex—. Eres invisible. ¿No es lo que siempre quisiste ser? ¿Para vengarte de alguien de quien siempre quisiste vengarte y nunca se enteraría porque eres invisible?

De repente, algo golpeó a Alex en la cabeza.

—Ya está —dijo Justin—. Ya lo he hecho.

—De acuerdo —dijo Alex—. Me lo merecía.

—¡Y ahora, arregla esto! —suplicó Justin.

—¡Eh, chicos! ¿Queréis un poco de helado? —gritó el señor Russo desde lo alto de la escalera.

Alex miró aterrada hacia donde estaba el invisible Justin. El pijama cayó al suelo de repente.

—¿Qué haces? —preguntó horrorizada.

—Así seré totalmente invisible —explicó.

Alex puso mala cara.

—¡Eh! ¡No! Escóndete —dijo señalando la cocina.

El señor Russo bajó las escaleras.

—¿Dónde está tu amigo? —preguntó mirando a su alrededor.

—¿En el baño? —dijo Alex intentando que sonara natural.

—Me encanta hablar de deportes con él —dijo el señor Russo. Y no desaprovechó la ocasión de decirle a Alex lo mucho que le gustaba Justin—. Me sentaré aquí a esperar que salga.

Cuando fue a sentarse en uno de los sillones, Alex se dio cuenta de que Justin ya estaba sentado ahí y corrió a impedir que lo hiciera.

—¡No! ¡No, ahí no! —gritó.

—¿Por qué no? —preguntó su padre desconcertado.

—Porque ahí voy a sentarme yo —dijo Alex rápidamente—. Me gusta este sitio.

—¡Levántate! —gritó un invisible Justin.

—¡Eh! ¡Oh! —exclamó el señor Russo mirando a su alrededor—. ¿Qué ha sido eso?

—Es que... —dijo Alex con expresión de culpabilidad.

—Alex Russo —dijo su padre—, ¿qué está pasando aquí... y porqué hay un cojín flotando en el aire? —preguntó con tono severo señalando al cojín.

Alex comprendió que aquello era lo último. Tenía que decir la verdad. ¡Pero era tan increíble!

—¡Justin es invisible! —dijo de sopetón.

La señora Russo entró de repente.

—¿Qué ocurre, Jerry? —preguntó.

El señor Russo miró a su mujer, moviendo la cabeza.

—Acabo de sentarme encima de Justin, el amigo invisible de Alex.

Sin saber dónde mirar, la señora Russo lo llamó.

—Justin, ¿qué te ha hecho Alex?

—Eso no lo sé —dijo el señor Russo tratando de no perder la calma. Ningún extraño debía saber que la familia Russo usaba la magia—. Y aunque puede parecer cosa de magia, estoy seguro de que hay una explicación perfectamente racional y científica para todo esto...

—Papá —dijo Alex interrumpiéndole—. Justin sabe lo de la magia.

El señor Russo se relajó.

—Vale, ¿qué te ha hecho? —preguntó al invisible Justin.

El cojín verde volvió a flotar en el aire.

—Bueno, ella... —empezó a decir Justin.

—Espera —dijo la señora Russo—. ¿Llevas ese cojín para...? —se detuvo al darse cuenta de que, a pesar de ser invisible, Justin estaba utilizando el cojín para taparse.

Justin agarró la escultura que le había hecho Harper.

—Bueno, habla con el tío Ernesto —dijo sujetándola a la altura de su cara. La escultura se quedó flotando en el aire.

—Alex, ¿qué es lo que le has hecho? —preguntó la señora Russo volviéndose hacia su hija.

Alex se sentó e inspiró profundamente.

—Vale. Os lo diré —dijo—. Pero no vais a creerme.

—¡Claro que vamos a creerte! —dijo el señor Russo.

—Justin es mi hermano. Y vuestro hijo mayor —confesó Alex.

—No te creo —respondió su padre al instante.

—¡Es verdad! —protesto Alex—. Pedí un deseo a la genio para que dejaran de compararme con Justin, pero me engañó e hizo que todo el mundo se olvidara de él. ¡Y luego se hizo invisible!

En ese momento, se oyó una voz detrás de la escultura.

—Está diciendo la verdad.

La señora Russo se cruzó de brazos sin acabar de creérselo.

—¿Estás tratando de decirme que tengo un hijo y ni siquiera me acuerdo? —preguntó.

Alex se puso en pie.

—¡Por favor, créeme! ¡Tenéis que creerme! —suplicó—. ¡He gastado todos mis deseos, pero la genio fue más lista que yo!

De repente, el señor Russo comprendió.

—Los genios son astutos —dijo volviéndose hacia su mujer.

Alex se volvió hacia ellos con mirada suplicante.

—Tenéis que ayudarme. No puede quedarse invisible para siempre —la situación de Justin la hacía sentirse muy mal—. Me he criado con él. Puede que sea un pringado y un pesado, pero es divertido y tan ingenuo que puedes gastarle bromas, y es mi hermano. ¡Necesito que vuelva!

La señora Russo rodeó los hombros de su hija con un brazo.

—¿Sabes una cosa, cariño? Creo que te creo. Quieres mucho a tu hermano —dijo.

—Y tú también lo quieres —contestó Alex en voz baja.

—Y a veces más que tú —dijo Justin a su hermana desde algún lugar de la habitación.

—Estoy tratando de ayudarte —dijo Alex apretando los dientes. Exhaló profundamente y continuó—, tenemos que hacer algo.

—Yo también te creo, cariño —dijo su padre acercándose a ella y abrazándola—. Pero, ¿qué quieres que haga? La genio te ha engañado.

Eso no era lo que Alex esperaba oír. ¿Qué iba a hacer ahora?

—Justin, lo siento —dijo sinceramente.

La madre de Alex intervino tratando de ver el lado positivo, como siempre.

—Me alegro mucho de tener otro hijo —dijo riendo y abriendo los brazos—. Dame un abrazo —se detuvo de repente—. Pero antes ve a ponerte algo.

Justin asintió.

—Enseguida vuelvo.

Se quedaron mirando el cojín verde que salía volando de la habitación. En ese mismo momento entró Max, que se había despertado con todo el jaleo.

—¡Ajá! —exclamó—. Un cojín flotante. Tenéis que enseñarme ese truco para que pueda dormirme de pie.

De repente, a Alex se le ocurrió una idea.

—¿Sabéis qué? —dijo a sus padres—. Puede que la genio me haya engañado esta vez, pero a lo mejor podemos engañarla a ella. Max —dijo volviéndose hacia su hermano pequeño—: ¿qué se puede hacer para que una genio regrese a su lámpara?

—Ya lo sé —dijo muy seguro de sí mismo—. ¡Naranjada!

—¿Qué? —dijo Alex.

Max asintió.

—Si alguien tirara naranjada en mi habitación, me enfadaría muchísimo —dijo.

—¿Has tirado naranjada en tu habitación, verdad? —dijo su madre—. ¿Qué hemos dicho de llevar bebidas a la habitación?

La señora Russo salió refunfuñando para ver el desastre.

—¿Lo ves? —dijo Max regodeándose—. Se ha enfadado muchísimo y va a mi habitación.

Alex sonrió. ¡Solo a Max podía ocurrírsele un plan para engañar a una genio! Ojalá el plan funcionara. ¡El futuro de Justin dependía de ello!

Capítulo Siete

Alex y Max se apiñaban en la cocina observando como su padre echaba naranjada cuidadosamente dentro de la lámpara de la genio.

—¿Funciona? ¿Funciona? —preguntaba Alex con impaciencia. Estiró el cuello para mirar más allá de su padre.

La genio no daba señales de vida por ninguna parte. Alex agarró la lámpara y la sacudió con frustración.

—¡No funciona! —gritó agitándola frenéticamente.

En ese momento apareció la genio. ¡No estaba nada contenta!

—¿Qué estáis haciendo? —gruñó—. ¡Esa es mi casa!

—¿Lo ves? —dijo Max hinchando el pecho muy orgulloso—. Nada enfada tanto a las mujeres como la naranjada.

—Dejaré de agitarla si concedes un deseo a Max —dijo Alex sujetando la lámpara, que estaba llena de burbujas de naranjada—. Se va a hacer mucha espuma aquí dentro.

La genio accedió preocupada.

—De acuerdo —dijo—. ¿Qué quieres?

—Quiero este corte de pelo y una camisa como esta —dijo Max señalándose a sí mismo, tratando de ser astuto.

—¡No puedo concederte algo que ya tienes! —contestó la genio. Hizo una pausa y entrecerró los ojos—. ¿A qué estás jugando, niño?

—Entonces deseo el juego de los genios —le dijo Max.

—¿Qué juego de los genios? ¿Qué pretendes hacer? —preguntó la genio.

—Sabes muy bien lo que pretendo hacer —dijo Max dando un paso hacia ella.

La genio miró a su alrededor nerviosa. Max la había acorralado.

—Lo que quieres es enterarte de lo del botón de reinicio —dijo la genio.

Se llevó la mano a la boca nada más decir esas palabras. Alex aplaudió y sonrió entusiasmada.

—¡Max! ¡Hay un botón de reinicio! —dijo.

Ahora, lo único que tenía que hacer su hermano era pedir un deseo que deshiciera todo aquel desastre. Miró a su hermano con una sonrisa alentadora.

—Ya sabes lo que tienes que pedir —dijo Alex.

—¿Una piscina de helado? —dijo entusiasmado—. ¡Sí!

—¡No! —dijo Alex suspirando—. El botón de reinicio.

Aunque estaba desilusionado por no poder pedir su deseo, Max hizo lo que le dijeron.

—Quiero que me enseñes el botón de reinicio —dijo.

—¡En tu lámpara! —añadió Alex.

—En tu lámpara —repitió Max.

—Si hay un botón de reinicio —dijo el señor Russo—. Vamos a necesitar este clip —se dio cuenta de que la genio lo miraba fijamente—. ¡Hola! —dijo dócilmente.

De repente, un remolino de magia arrastró a los Russo y a la genio al interior de la lámpara.

—¡Guau! —exclamó el señor Russo intentando mantener la cabeza fuera de las burbujas.

Había espuma por todas partes.

—¡Vaya, sabe a naranja! —dijo Alex chupándose los labios.

El señor Russo miró a su alrededor horrorizado.

—¡Max! —gritó.

—¡Ya lo tengo! —gritó Max saliendo de las burbujas.

¡Como ellos se habían empequeñecido para caber dentro de la lámpara, el clip que había traído el señor Russo parecía enorme! Max casi no podía con él.

—¡Vamos! —dijo Alex apremiándolo.

A regañadientes, la genio les enseñó el botón de reinicio que había en la pared.

—De acuerdo, ahí está —dijo—. Si lo presionas, deshace todo lo que habías deseado como si nunca hubiera sucedido.

En cuanto insertaron el clip en el botón, apareció el marcador. Las tres X de los números habían desaparecido. ¡El plan de los Russo había funcionado!

En un instante, Alex y Max estaban de nuevo en el cuarto de estar con sus padres. En cuanto Alex recuperó el aliento, buscó a su alrededor. ¡Y vió a Justin!

—Fiuu —dijo Justin encantado de ver que su cuerpo volvía a ser visible—. ¡Menos mal!

—¡Oh! —exclamó la señora Russo al ver a Justin. Le dio un fuerte abrazo.

—¡Has vuelto! —dijo Alex entusiasmada—. Me alegro mucho de verte.

—Oh, Justin, cielo —dijo la señora Russo—. Siento mucho haberte olvidado.

El señor Russo se acercó a su mujer.

—¿Qué clase de madre olvida a su propio hijo? —dijo para provocarla.

—¿Y tú? —preguntó ella devolviéndole la pulla.

—¿Qué? —dijo el señor Russo inocentemente—. Yo soy un padre. Antes de tomarme el primer café, es pura suerte que me acuerde de uno de ellos. Vamos —dijo volviéndose hacia Max—. Es hora de ir a la cama.

Max se fue a la habitación con sus padres. Cuando Justin y Alex se quedaron solos, Justin se acercó a su hermana.

—Vaya, estabas muy preocupada porque me hubiera vuelto invisible ¿eh? —preguntó.

Alex se levantó tratando de evitar el tema. Había olvidado que Justin se encontraba en la habitación cuando dijo todas aquellas cosas tan sentimentales sobre él. Fue hacia el sofá que seguía desplegado en forma de cama.

—No, solo me preocupaba chocar contigo constantemente —dijo en tono burlón.

—Eso no es verdad —dijo poniendo cara de pena y gimiendo para imitar a Alex—. Quiero que vuelva mi hermano. Necesito que vuelva mi hermano. ¿Dónde estará?

—Sí, me alegro de que hayas vuelto —dijo Alex dulcemente—. ¡Así puedo hacer esto!

Se dio la vuelta rápidamente, agarró un cojín y golpeó a su hermano con él en la cabeza.

Justin siguió con su actuación.

—Echo de menos a mi hermano —gimió—. Es tan...

Alex volvió a golpearlo con el cojín. Desde luego, no le había hecho regresar para que se riera de ella. Pero, a decir verdad, se alegraba muchísimo de tenerlo de nuevo en casa. Tal vez le hicieran preguntas difíciles por su culpa, se metiera en líos por su culpa y la reclutaran para el equipo de matemáticas por su culpa, pero Justin era su hermano mayor. Y Alex no quería que dejara de serlo.

SEGUNDA
PARTE

Capítulo Uno

El colegio ya había terminado y Justin, Alex y Max se encontraban en la Guarida de los Magos dando la clase de magia con su padre. Justin estaba leyendo un trabajo ¡y aburriéndolos a todos! Alex y Max se habían quedado dormidos sentados y el señor Russo hacía verdaderos esfuerzos para no dormirse.

—Y entonces fue cuando el gran brujo chino, Li, utilizó por primera vez las escamas de dragón para hacer una caja impenetrable donde guardar su varita mágica —dijo Justin sin darse cuenta de que nadie lo escuchaba—. Y luego, en el siglo doce —siguió— hubo nueve indígenas...

El señor Russo miró el reloj y levantó una mano.

—¡Tiempo! —exclamó—. Se supone que las exposiciones no deben durar más de cuarenta y cinco minutos. Si no, la gente empieza a aburrirse. Bien, Alex, te toca a ti.

Pero Alex estaba profundamente dormida, gracias al largísimo discurso de Justin.

—¡Alex! —gritó su padre.

Alex se sobresaltó y miró a su alrededor asustada. Su movimiento despertó también a Max, que se dio un golpe en la cabeza con la pared situada a su espalda.

—¿Pero qué...? —exclamó Alex. Se dio cuenta de dónde estaba y respondió rápidamente—. ¡Ah, sí! —fingió controlar la situación.

—Tu trabajo sobre las bolas de cristal: historia, usos y fabricación —dijo su padre tratando de no perder la paciencia.

Me hicieron una pregunta muy difícil por culpa de Justin, me metí en líos por culpa de Justin y me reclutaron para el equipo de matemáticas por culpa de Justin.

Alex agarró la lámpara que estaba encima de la mesa.
—Bueno, ¿vamos a sacar a ese genio o no?
—preguntó.

—No tengo amigos. Mi profesora no me recuerda. ¿Qué has hecho? —preguntó Justin a Alex.

—¿Quién es tu nuevo amigo? —preguntó la señora Russo al ver a Justin.

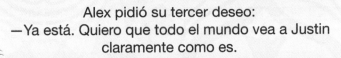

Alex pidió su tercer deseo:
—Ya está. Quiero que todo el mundo vea a Justin
claramente como es.

—Alex, ¿qué le has hecho a Justin? —preguntó
la señora Russo.

El señor Russo, Alex y Max echaron naranjada
en la lámpara de la genio.

—¡Has vuelto! —dijo Alex abrazando a Justin.

SEGUNDA PARTE

Los Russo se aburren de oír una exposición larguísima de Justin.

—¿Cuáles son las respuestas de mi examen de sociales? —preguntó Max al soplador mágico.

—Los chicos han salido a pasar un buen rato con su tío. Eso está muy bien —dijo la señora Russo.

—¿Quién es mi admiradora secreta? —preguntó Justin.

—Tío Kelbo y yo hemos estado hablando.
Dice que él podría ser mi profesor de magia
en tu lugar —le comentó Alex a su padre.

—Tu admiradora secreta es la camarera
—dijo Max a Justin.

—¿Vas a enseñarme a viajar en el tiempo? —preguntó a su tío una emocionada Alex.

¡Algún conjuro que salió mal, y Alex quedó convertida en una criatura marina!

Alex se puso de pie y empezó su exposición.

—Bolas de cristal: uso y fabricación. Bueno, he hecho el trabajo sobre cómo usar las más pequeñas como pendientes —se puso el pelo detrás de las orejas para enseñarles una muestra—. ¿Son monos, verdad? —miró a su alrededor buscando aprobación y se sentó rápidamente—. Fin del trabajo.

Al señor Russo no le gustó mucho el trabajo de Alex.

—Tendrás que volver a hacerlo mañana —advirtió con firmeza—. Max, te toca a ti —dijo mirando a su hijo pequeño.

Max abrió su cuaderno negro y carraspeó.

—Vale —empezó a leer de su cuaderno—. Calderas: uso y mantenimiento.

En ese momento se formó una nube de humo. En el centro de la habitación apareció una bañera antigua. ¡Y dentro estaba el tío Kelbo!

—¿Qué hace toda esta gente en mi habitación? —preguntó mirando a su alrededor y fingiendo estar incómodo por que lo vieran en la bañera.

—¡Tío Kelbo! —gritaron a la vez Justin, Alex y Max.

—¡Hola, futuros votantes! —contestó su tío poniéndose de pie y saliendo de la bañera. Llevaba un anticuado bañador de rayas blancas y azules—. Siento aparecer inesperadamente. Quería ver a mis sobrinos favoritos —dijo afablemente.

Los chicos estaban encantados de ver a su tío. Por su parte, al señor Russo no le hacía tanta ilusión aquel visitante sorpresa.

—¡Kelbo! ¿Qué te dije sobre aparecer a visitarnos en una nube de humo? —preguntó molesto.

Cuando empezó a sonar la alarma de incendios, Kelbo recordó por qué le había dicho su hermano que no apareciera envuelto en humo.

—Ah, claro, claro, claro —dijo—. Se dispara la alarma contra incendios.

El señor Russo trató de disipar el humo moviendo los brazos como loco.

—Sí —dijo amargamente.

Kelbo esquivó la mirada de enfado de su hermano y se volvió a sus sobrinos.

—Bueno, ¿y qué estabais haciendo? —preguntó.

—Unas exposiciones orales aburridas y sin magia —dijo Alex en tono quejumbroso.

Kelbo sacudió la cabeza sorprendido.

—Pero ¿sabéis que sois magos, verdad? —preguntó.

—Bueno, muchas veces papá quiere que estudiemos la magia sin hacer realmente magia —explicó Alex.

—Eso es porque él no sabe hacer magia —dijo Kelbo—. Ya sabéis a qué me refiero: los que no pueden coger una hamburguesa y convertirla en un delicioso solomillo se dedican a enseñar.

Ese comentario no le sentó muy bien al señor Russo. Era dueño de un restaurante y estaba muy orgulloso de su forma de cocinar. Casi tanto como de dar clases de magia. Lanzó una mirada fulminante a su hermano.

—De acuerdo, vale. No conseguí ser el mago de la familia —reconoció el señor Russo— pero alucinaríais al ver lo que soy capaz de hacer con una simple hamburguesa.

Max asintió con la cabeza.

—Sí, pone el queso dentro de la carne —explicó.

Kelbo se dio unos golpecitos en la barriga.

—Ya, he comido un montón de sus hamburguesas rellenas de queso. Qué me vas a contar —dijo. Luego se volvió hacia Justin—. ¿Y tú? ¿De qué iba tu trabajo?

—Oh, bueno. Estoy haciendo un trabajo sobre Li, el gran mago chino —dijo Justin con orgullo.

—¿El mago chino Li? —preguntó Kelbo—. ¡Uno de mis cinco favoritos!

Sacó su varita mágica y tecleó en ella como si fuera un teléfono móvil.

—Bip, bip, bup, bup, bup, bip —dijo mientras tecleaba—. ¡Vendrá aquí y te contará lo que quieras de su vida! —exclamó guiñando un ojo a Justin—. ¡Li, amigo mío! ¿Cómo está tu esposa?

El señor Russo seguía intentando disipar el humo que trajo Kelbo moviendo una escoba por toda la habitación. Refunfuñó al oír a su hermano hablando por la varita.

—Te agradecería que me dejaras enseñarles a mi manera —dijo acercándose a él y quitándole la varita.

—Sí, tienes razón —asintió Kelbo levantando las manos—. No les distraigo más.

—Gracias —dijo el señor Russo suspirando profundamente.

—¡Traigo regalos! —gritó Kelbo de repente.

El señor Russo refunfuñó.

—¿Qué habías dicho de no distraerlos? —dijo de mal humor.

Justin, Alex y Max se arremolinaron alrededor de la bañera.

—¡Vaya, regalos! —exclamaron todos.

Kelbo metió la mano dentro de la bañera y se volvió hacia el mayor de sus sobrinos.

—Justin —dijo —, te he traído chicle de ópera.

—Ah, genial —dijo Justin. Al momento se dio cuenta de que no tenía ni idea de qué era el chicle de ópera—. ¿Para qué sirve?

Alex puso los ojos en blanco.

—Es chicle de ópera. Prueba a cantar —dijo.

Justin se metió el chicle en la boca, lo mascó unos instantes y abrió la boca.

—¡Ah! —cantó. Fue una nota larga y grave, como la de un cantante de ópera profesional. Luego se echó a reír y escupió el chicle—. Creo que me lo guardaré para el concurso de talentos.

—Genial —contestó Kelbo sacando el segundo regalo—. Max, para ti he traído... el soplador mágico de respuestas. Haces una pregunta, soplas, aparece una burbuja, la burbuja estalla y ahí tienes tu respuesta —dijo dándole una larga pipa de madera. Venga, pruébalo.

—¡Fabuloso! —gritó Max entusiasmado—. A ver, ¿cuáles son las respuestas de mi examen de sociales?

Inspiró profundamente y sopló la pipa. Apareció una burbuja enorme que decía: «Sí. Correcto».

Kelbo se echó a reír.

—Lo único que responde es sí o no, pero me encanta que pienses a lo grande —le explicó a su sobrino.

Por fin le tocó a Alex.

—Y para mi sobrina favorita, he traído un emocioscopio —dijo entregándole un objeto que parecía un caleidoscopio muy grande—. Venga, mira por él —le dijo—. Verás lo que siente la gente en realidad.

—¡Oh, genial! —exclamó Alex—. Siempre quise tener uno.

Se acercó el objeto al ojo y apuntó a Justin. Vio dos círculos. En uno de ellos aparecía la expresión normal de Justin y en el otro, cómo se sentía en realidad. En el segundo círculo se veía a Justin dando saltos muy nervioso.

—¡Guau! —exclamó Alex.

Movió el aparato hacia Max. Por fuera, Max estaba quieto pero, interiormente, trataba de tocarse la punta de la nariz con el dedo y parecía desconcertado.

—Creo que Max no se está enterando de nada —informó Alex—. ¡Qué raro!

Alex apuntó su nuevo juguete hacia su padre. Su expresión era exactamente igual en los dos círculos. ¡Y no era de felicidad, precisamente!

—¡Vaya! ¡Estás enfadado por dentro y por fuera! —gritó.

—Porque hoy nadie quiere acabar la clase de magia —dijo su padre de mal humor.

—Tiene razón —dijo Kelbo—. ¿Quién quiere ir al zoo?

Los chicos protestaron. Habían estado en el zoo cientos de veces. ¿Es que no se le ocurría nada más original?

—Dejadme decirlo de otra manera. ¿Quién quiere ir al zoo... como un mono?

¡Ahora sí que le escuchaban!

—¿Vas a convertirte en mono? —preguntó Max incrédulo.

Kelbo asintió.

—Todos vamos a convertirnos en monos —dijo entusiasmado.

—¡Caramba! —exclamó Justin asombrado. Su padre nunca les dejaba usar ese tipo de magia.

—Lo siento, Kelbo —dijo el señor Russo acercándose a él—. Pero no nos gusta utilizar la magia por capricho.

Kelbo asintió comprensivo.

—De acuerdo —dijo—. Podemos hablarlo.

El tío Kelbo chasqueó los dedos y desapareció... con los chicos.

—Menuda forma de hablar —murmuró el señor Russo sarcásticamente.

Las visitas de Kelbo siempre significaban problemas. Y hasta el momento, su visita no era diferente de las demás. El señor Russo suspiró. Lo único que esperaba era que el desastre inevitable pudiera arreglarse fácilmente. Pero, estando Kelbo por medio, nunca se sabía qué iba a pasar.

Capítulo Dos

Esa misma tarde, el señor Russo daba vueltas por la cocina de la familia mientras su mujer preparaba la cena.

—¿Dónde están? —dijo preocupado señalando una fuente llena de hamburguesas—. Las hamburguesas están casi listas. ¡Kelbo siempre hace lo mismo!

—Jerry —dijo su mujer—. Han salido a divertirse con su tío. Eso está muy bien.

—¿Confías en que cuide bien de nuestros hijos? —preguntó.

La señora Russo dejó de cortar verduras y miró a su marido.

—No, pero confío en que nuestros hijos cuiden bien de él —respondió.

En ese momento, los chicos entraron por las puertas de la terraza y rodearon el mostrador en el que estaba trabajando su madre.

—¡Nos lo hemos pasado fenomenal en el zoo! —dijo Alex.

—¿Ah, sí? —dijo su madre levantando la vista.

Kelbo entró detrás de ellos.

—Y ni siquiera les convertí en monos, como me pediste —informó.

—¡Oh, vaya! —dijo el señor Russo al ver que a sus hijos les salía una cola de mono por debajo de las camisetas—. Entonces eso no son colas de mono ¿verdad? —preguntó.

Kelbo rió entre dientes tratando de tomárselo a broma.

—¿Chocolate? —preguntó para distraer al señor Russo mientras chasqueaba los dedos disimuladamente y hacía desaparecer las colas.

—Me gustaría averiguar unas respuestas con mi soplador mágico —dijo Max sacando su pipa.

—A ver, déjame probar —dijo Justin acercándose a él. Carraspeó y miró fijamente a la pipa—. ¿Quién es mi admiradora secreta? —se volvió hacia Max—. Todos los miércoles, desde hace tres semanas, alguien deja notitas en mi taquilla.

Inspiró con fuerza y sopló la pipa. Apareció una burbuja muy grande con la palabra «NO».

—No puedes hacer las preguntas así —le dijo Max—. Solo contesta «SÍ», «NO» o «NO LO SÉ».

—¡Ah, bueno! —dijo Justin suspirando y dando la vuelta a la pipa—. ¿Es Cathy Antinocci? —preguntó antes de volver a coger aire y soplar.

Apareció otra burbuja con un «NO».

—¿Es Corrie Montanio? —preguntó Justin volviendo a soplar.

La burbuja volvió a decir «NO».

Justin se volvió hacia Max un poco decepcionado.

—Hay como trescientas chicas en mi clase —dijo—. Me va a llevar un buen rato.

—Vale —dijo Max.

Luego empezó a pensar por qué era tan generoso. Le quitó la pipa a Justin y se fue a su habitación. Justin se encogió de hombros y fue tras él.

El señor Russo se acercó a Alex.

—Me alegro de que hayas vuelto a tiempo para ver el partido de baloncesto, cariño —dijo tratando de parecer animado.

Alex fue hacia el sofá y se sentó al lado de su tío.

—Oye, papá —dijo—. No quiero ver el baloncesto.

—¿Baloncesto? —saltó Kelbo—. Tengo entradas para el partido de esta noche. En la lujosa tribuna de magos. ¿Quieres ir, Alex?

—¿Qué? ¿En la tribuna de magos?

—Sí, la tribuna de magos —confirmó Kelbo sonriendo—. ¿Sabes el marcador que está encima de la pista central? La tribuna de magos está justo ahí.

A Alex se le iluminó la mirada.

—Debe de ser increíble —dijo encantada—. Tengo que verlo —miró a sus padres, que seguían de pie en la cocina—. Papá, ¿puedo ir?

—Espera —dijo su padre desde el otro extremo de la habitación—. ¿No quieres ver el partido conmigo, pero ahora que el tío Kelbo va a llevarte a esa tribuna tan estupenda, sí quieres ir?

Alex asintió con entusiasmo.

—Bueno... pues yo... Yo creo que no vas a poder porque tu madre tiene un montón de cosas que hacer y quiere que le ayudes en casa —dijo su padre mirando a su madre para que le apoyara.

—No, no —dijo tranquilamente su madre—. Claro que puedes ir —dijo sonriendo a Alex—.

Me parece una forma estupenda de pasar un rato con tu tío.

Kelbo se levantó de un salto.

—Genial —dijo—. Pero debemos irnos ya porque luego hay mucho tráfico de magos.

Alex se levantó emocionada. Se estremeció y se dio cuenta de que iba a tener frío cuando salieran.

—Espera —dijo—. Voy a buscar un jersey.

—Eres maga —dijo Kelbo.

—Gracias por recordármelo —contestó—. *Cachemirus Aparecirus* —dijo chasqueando los dedos.

Un instante después, llevaba puesto un jersey de cachemira color verde lima.

—¡Oooh, qué suave! —se acarició el brazo.

—¡Oye! ¡Ese jersey es mío! —protestó su madre yendo hacia ella.

—Lo siento, mamá —dijo Alex—. Podemos hablarlo.

Pero antes de que pudiera hacer algo, Alex y su tío habían desaparecido.

—¡Menuda forma de hablar! —murmuró su madre sarcásticamente.

El señor Russo suspiró. La visita de Kelbo estaba demostrando ser justo lo que se temía. ¡Un drama mágico!

Capítulo Tres

El público rugió cuando el balón entró en la canasta. Alex miró hacia la cancha, disfrutando de la vista de pájaro que tenían los magos en sus asientos especiales. Le encantaba formar parte del público del partido. ¡Esto era mucho mejor que verlo en la tele con su padre, sentada en el sofá!

—¿Así que estamos en el marcador? —dijo Alex a su tío—. ¿Y podemos verlo todo y a todos, pero no nos puede ver nadie?

—Sí —contestó Kelbo, que llevaba un smoking negro, comía nachos y tomaba un refresco—. Es lo bueno del palco de magos —dijo alegremente. Su sonrisa se desvaneció al ver la hora que era—. Pero tiene un inconveniente.

En ese momento resonó la voz de un locutor.

—¡Tiempo muerto!

—Tápate los oídos —dijo Kelbo tapándose él también.

Alex se tapó los oídos con las manos pero no le sirvió para dejar de oír el espantoso ruido. ¡El timbre sonaba como si fuera diez veces más fuerte de lo normal!

—Estamos intentando que lo quiten —le dijo Kelbo—. Bueno, ahora cuéntame algo más sobre el asunto de la admiradora secreta de tu hermano —hizo una pausa y miró a Alex—. ¡Tú eres la admiradora secreta! —dijo con una sonrisa cómplice.

Alex se enderezó en su asiento y se colocó la gorra blanca y negra que llevaba puesta.

—Sí, durante las tres últimas semanas he estado dejándole notas diciendo que es guapo y encantador y un montón de mentiras más —se apoyó en su tío nada más contarle su secreto—. ¿No se lo vas a decir a papá, verdad? —suplicó.

—Por supuesto que no —dijo Kelbo negando con la cabeza—. Es una broma clásica. Pero puedo decirte cómo rematarla —dijo acercándose más—. Consigues un genio, ¿vale?, lo vistes igual que su admiradora secreta. En el momento que vea al genio, capturas su alma y la metes en una lámpara. ¡Esa me encanta! —dijo Kelbo riendo y dando un palmetazo.

Su tío seguía riéndose pero después de la experiencia con una genio que acababa de tener, no le parecía que fuera una broma muy buena ni divertida.

—No pensaba llegar tan lejos —reconoció sinceramente.

—Claro, eres joven. Aún tienes mucho que aprender —afirmó Kelbo.

—Y seguro que tú podrías enseñarme

mucho —dijo Alex, esperando que su tío pillara la indirecta.

—Por supuesto que sí —respondió Kelbo con orgullo.

—¿En serio? —preguntó Alex. Al parecer esto iba a ser más fácil de lo que esperaba. Había soñado con que era Kelbo quien le enseñaba a ser maga, en vez de su padre con sus aburridas lecciones y sus normas.

—Sí —contestó Kelbo.

¡Esta era la gran oportunidad de Alex!

—Tú te diviertes con la magia mucho más que papá —dijo después de inspirar profundamente para llevarle a la cuestión que quería saber en realidad.

Pero Kelbo ya había cambiado de tema y quería enseñarle un truco muy bueno.

—Este es muy bueno —dijo entusiasmado—. Sujétate la cabeza así.

Se puso las manos en las orejas para sujetarse la cabeza y esperó un instante a que Alex hiciera lo mismo.

—¡*Craneum revolvius*! —gritó.

De repente, las cabezas de todos los magos que estaban en el marcador se pusieron a dar vueltas en círculo.

Alex alucinaba. ¡Qué truco tan genial!

—¡Me encanta! —dijo—. ¡Me muero de ganas de probarlo en la próxima reunión de alumnos!

—¡Fin del primer tiempo! —avisó el locutor.

—¡Tápate los oídos! —dijo Kelbo.

—Eres el mejor, tío Kelbo —le dijo colocándose las manos sobre los oídos.

Alex sonrió. Todavía no le había hecho la pregunta que quería, pero ya la haría.

¡Y esperaba que su tío estuviera de acuerdo en que la idea era genial!

Capítulo Cuatro

Al día siguiente, en el colegio, Alex vio a Justin en su taquilla.

—¡Eh! ¿Qué tienes ahí? —le dijo acercándose hasta él.

—Es otra nota de mi admiradora secreta —dijo regodeándose con un papel rosa en la mano—. Ahora las pone todos los días.

—¡Guau! ¡Qué emocionante! —dijo Alex incitándolo—. ¿Tienes idea de quién podría ser?

Justin sonrió mirando la nota.

—No, pero seguro que es muy guapa —dijo abriendo la nota y señalando una letra—. ¿Ves? Pone corazoncitos en vez de puntos sobre las íes, y eso quiere decir que es muy guapa —añadió riéndose.

Alex se acercó a la nota y la husmeó.

—¡Vaya, está perfumada! —comentó.

—Yo no la huelo por culpa de la alergia —dijo Justin encogiéndose de hombros.

Alex puso los ojos en blanco.

—Sí, eres el sueño de cualquier chica —dijo sarcásticamente—. Alguna que no tiene mascota, ni hierba, ni polvo. ¡Qué pena que no sepas quién es!

Justin se quedó pensativo unos instantes.

—¡Oye! Tengo un plan para averiguarlo —dijo de repente—. Voy a... —se calló y miró a su hermana entrecerrando los ojos—. No te interesa nada mi estúpido plan, ¿verdad?

—Oh, no, no, no —dijo Alex cariñosamente, alentándole—. Me interesa muchísimo tu estúpido plan —añadió sonriendo.

—Vale —dijo Justin tratando de contener la emoción—. Voy a esconderme en ese cubo de basura para vigilar mi taquilla.

Alex miró un cubo de basura situado al final del pasillo.

—¡Brillante! —exclamó.

—Sí —contestó Justin asintiendo con la cabeza—. Y Max va a ayudarme.

—¿Él va a ser tu vigilante? —preguntó Alex extrañada. Ni ella ni Justin se fiaban de Max para nada.

—No. Él tiene que evitar que el equipo de lucha libre meta a Eugene Troobnick en el cubo, como hacen todos los días a las tres —dijo Justin.

Alex no podía creerlo: ¡Justin lo tenía todo planeado! Tendría que dar un paso más si quería que su hermano siguiera creyendo que tenía una admiradora secreta.

Ese día, después de clase, Justin y Max observaban a su padre ir de acá para allá en la guarida. Como de costumbre, Alex llegaba tarde y el señor Russo se encontraba ansioso por empezar la lección.

—¿Dónde está Alex? —protestó el señor Russo—. No quiero tener que explicar dos veces la lección sobre seguridad mágica.

Max se hundió en el sofá.

—Por nosotros, ni una tampoco —refunfuñó.

De repente aparecieron de la nada Alex y Kelbo. Alex llevaba un sombrero vaquero rosa, una chaqueta de cuero con estrellas rosa y unos zahones de cuero rosa encima de los vaqueros. Kelbo, también vestido de vaquero de la cabeza a los pies, sonrió a su hermano.

—Siento llegar tarde —dijo—. Pero ya sabes cuánto me gusta el salvaje oeste.

—Ha sido genial —dijo Alex acercándose a su padre—. Hemos arreado ganado y nos hemos turnado para marcarlo.

Kelbo sonrió a Alex.

—Voy a tomarme una zarzaparrilla y darme un buen baño caliente —dijo.

—Compañero, te acepto una zarzaparrilla —dijo Alex tratando de imitar el acento de una vaquera—. No sé lo que es pero espero que esté rica.

—Nada de eso —dijo su padre moviendo un dedo frente a ella—. Has llegado tarde, jovencita. Estábamos esperándote.

Le puso las manos en los hombros y la obligó a sentarse en su sitio.

—Íbamos a empezar la lección sobre seguridad —dijo Justin—. ¿Sabíais que la mayoría de los accidentes de los magos se producen a menos de una milla de su casa?

Alex sonrió dulcemente y miró a su padre.

—Papá, el retraso no importa porque el tío Kelbo ha estado enseñándome magia estos últimos días. Es más, lo hemos hablado y dice que él podría ser mi profesor de magia en tu lugar.

—¿Ha dicho eso? —preguntó su padre asombrado.

—¿He dicho eso? —preguntó Kelbo, igual de asombrado.

—Lo has dicho —dijo Alex con seguridad mirando a su tío.

—Espera —dijo Kelbo. Chasqueó los dedos y desapareció. Luego volvió a aparecer con un vaso de agua en la mano. Los chicos se quedaron expectantes. Kelbo dio un sorbo de agua del vaso y la escupió sorprendido.

—¿He dicho eso? —repitió.

—Kelbo: ¿ha sido idea tuya? —preguntó el señor Russo enfadado.

—No —repuso Kelbo con tono inocente—. Normalmente, cuando alguien va a buscar un vaso y escupe lo que estaba bebiendo, quiere decir que se ha sorprendido ¿no?

Su tío había vuelto a cambiar de tema y Alex tuvo que volver a centrarlo.

—En el partido de baloncesto me dijiste que me enseñarías —dijo.

—Sí, pero me refería a enseñarte bromas y cosas así —explicó Kelbo.

—Ah, como papá —saltó Max recordando una broma que siempre le hacía gracia al señor Russo—. Papá tiene velas de cumpleaños de esas que nunca se apagan.

Alex se sentó al lado de Max.

—No —le dijo—. Más bien como ver a cincuenta magos con las cabezas dando vueltas en círculo.

—Vaya —dijo Max con ojos brillantes. ¡Le hubiera encantado ver ese truco!

—Bueno, eso es mucho mejor que las velas que no se apagan —asintió Justin.

El señor Russo empezaba a estar molesto de verdad.

—Pero si a vosotros os encantan esas velas con lo del... —inspiró profundamente y simuló soplar unas velas.

—Mira, me halaga que quieras que sea tu profesor —le dijo Kelbo a Alex—. Pero esa tarea le corresponde a tu padre.

Alex negó con la cabeza.

—Papá es genial con Justin y con Max —explicó—. Pero yo no consigo desarrollar todo mi potencial con él.

—No seré yo quien te impida desarrollar todo tu potencial —dijo el señor Russo—. Tal vez sea mejor que te enseñe tu tío Kelbo. A ver si así llegas puntual a sus clases.

Estaba dolido, pero sabía que Alex no iba a cambiar de opinión.

—Lo haré, papá —dijo Alex—, porque ¿sabes? Estaba pensando que aprendo más haciendo que escuchando.

Su padre se dio la vuelta, cruzado de brazos.

—Entonces, ya está decidido —zanjó.

—Un momento. ¿Podemos elegir a nuestros profesores de magia? —preguntó Justin acercándose a su padre—. Yo elijo... —se detuvo al ver la cara de su padre. No parecía muy contento. Justin se sentó de nuevo rápidamente.

Alex sonrió encantada. ¡Se había librado de tener que escuchar las aburridas lecciones de su padre! Ahora podría aprender la parte divertida de la magia con el tío Kelbo. «¡Bromas tronchantes y hechizos locos, estupendo!», pensó entusiasmada.

Capítulo Cinco

En el colegio, Max esperaba agazapado junto al cubo de basura del final del pasillo. Vigilaba atentamente, tal como le había prometido a su hermano.

—Perdona —dijo uno de los miembros del equipo de lucha libre acercándose a Max. Cargaba con Eugene ayudado por otros tres compañeros—. Tenemos una reserva para este cubo de basura —dijo.

Max dio un salto hacia delante.

—Bueno... Este... este ya está lleno —dijo

tartamudeando—. Pero tenéis arriba otro incluso más apestoso.

Los luchadores se encogieron de hombros y se fueron hacia las escaleras.

—Hasta mañana a las tres, Eugene —dijo Max. Cuando se fueron, se pasó el dorso de la mano por la frente e inspiró profundamente—. ¡Fiuuu! No sé cuánto más voy a aguantar.

—Soy yo el que está en la basura —protestó una voz desde dentro del cubo. Justin asomó la cabeza por el hueco—. Se me ha dormido la pierna, se ha vuelto a despertar y ahora se ha vuelto a dormir. ¡Y tengo claustrofobia! —gritó.

De repente, Max vio que una chica se acercaba por el pasillo.

—¡Viene alguien! —dijo apoyándose descuidadamente en el cubo—. Haré como si nada —avisó a Justin.

—Vale —murmuró Justin hundiéndose de nuevo en la basura.

—Aquí estoy yo como si nada, silbando —dijo Max para sí.

Siguió silbando mientras la chica se acercaba. Entonces se dio cuenta de que la *chica* era la que servía las comidas en la cafetería. Iba directa a la taquilla de Justin.

—¡Ay va! —susurró al cubo de basura—. ¡Tu admiradora es la camarera!

Justin salió del cubo en cuanto tuvo vía libre. Estaba horrorizado por lo que le había dicho Max, pero luego lo comprendió.

—Ya lo entiendo —aseguró—. Siempre me sirve la leche más fría que a los demás.

—¿Y qué vas a hacer? —preguntó Max.

—Voy a escribirle una carta y decirle que me siento halagado, claro. Y que si tuviera veinte o treinta años más y ninguna otra opción, a lo mejor nuestro amor podría florecer.

Max asintió.

—Vale —dijo—. Pero sé delicado con ella —suspiró al pensar en lo que podía ocurrirle a Justin—. No querrás la leche caliente.

Justin se echó a reír y le dio unos golpecitos en la espalda. Ahora que había resuelto el misterio de las cartas de amor, se sentía bien. ¡Y le halagaba que la camarera le hubiera elegido a él!

En otro pasillo, Alex salió de clase y vio a la camarera esperándola.

—Gracias por hacerme el favor, Doris —dijo—. Aquí tienes el cucharón de puré para zurdos que querías —añadió tendiéndole el utensilio.

—Gracias —respondió Doris sonriendo—. Hay mucha gente que cree que es como la cuchara de coger helado. Pero esas personas están muy equivocadas.

Mientras se marchaba, Alex no pudo evitar sonreír.

—Pues eso era una cuchara de coger helado —se dijo.

Pero había merecido la pena cada céntimo gastado, con tal de hacer que Justin creyera que todas aquellas notas rosa de amor eran de la camarera. ¡Era la broma perfecta!

Capítulo Seis

Ese mismo día más tarde, en la guarida, el señor Russo estaba a punto de acabar su clase.

—Y así es como se desaparece y se vuelve a aparecer a tres metros de distancia —dijo —. ¿Divertido, verdad? —añadió sonriendo.

—Sí, tan mágico como andar —Justin puso los ojos en blanco. Estaba aburridísimo.

De repente, se abrió la puerta y aparecieron Alex y el tío Kelbo.

—¿Lo ves? ¿Qué te había dicho? No es tan divertido como salir del humo —protestó—.

¡Hola, papá! —saludó volviéndose hacia su padre.

—Hola, Alex —contestó este—. Hoy te has perdido una buena. Hemos desaparecido y vuelto a aparecer tres metros más allá —miró a sus hijos buscando apoyo—. Ha sido divertido, ¿verdad, chicos?

—Sí, un poco más que aquel hechizo para madurar fruta que nos enseñaste —soltó Justin sarcásticamente.

—Bien —dijo el señor Russo sin llegar a entender el chiste—. Que tengáis una buena clase. La guarida es tuya, Kelbo. Por favor, déjala como la encontraste. Vamos, chicos.

Hizo un gesto a sus hijos para seguirle.

—¡Hey! ¡Oye, Max! —dijo el señor Russo antes de salir—. ¿Alguien quiere unos cuantos cacahuetes?

Le ofreció una lata para que la abriera.

—Claro, papá —respondió Max con voz monótona. Era la broma más vieja (y más aburrida) de la historia.

Max abrió la lata y las habituales serpientes de muelle salieron disparadas.

—¡Caramba! ¡Serpientes de colores! —exclamó el señor Russo.

Miró a su alrededor para ver las reacciones de todos, pero no encontró más que caras inexpresivas. Se fue tras sus hijos, derrotado. Tal vez no fuera su mejor broma, ¡pero a los chicos les encantaba!

Cuando se fueron su padre y sus hermanos, Alex se dejó caer en el sofá.

—Bueno ¿de qué va a ser la clase? —preguntó a su tío.

Kelbo se estiró despreocupado y bostezó ruidosamente.

—Creo que antes vamos a echarnos una siestecita... —empezó a dormitar pero se sentó al ver la cara de preocupación de Alex—. Solo te diré de lo que no va a ser: de madurar fruta. ¡Porque es fácil! Lo único que hay que hacer es comprar la fruta, ir al futuro, la fruta madura... ¡y te la comes!

—¿Vas a enseñarme a viajar en el tiempo? —preguntó esperanzada—. ¡Siempre quise aprender a hacerlo!

Pero antes de que Kelbo pudiera contestar, una carta atravesó la puerta mágicamente.

—¡Mira! —gritó Kelbo, feliz de tener una distracción. Se levantó y se acercó a la carta—. ¡Ha llegado el correo mágico!

—Tío Kelbo —protestó Alex—. ¿Podemos concentrarnos en la clase? —dijo mirando como recogía el correo.

—Mira —propuso el tío—: la leemos, volvemos atrás en el tiempo hasta antes de leerla y será como si no la hubiéramos leído.

Alex no estaba muy convencida. Miró el sobre.

—¿Una muestra de monos marinos? —dijo decepcionada—. Recibíamos miles de estas cuando éramos pequeños. Son mascotas que pones en el agua y no tienes que darles de comer ni jugar con ellas.

Kelbo no estaba de acuerdo.

—¡Son geniales! —exclamó—. ¡Va, ábrelo!

Alex volvió a mirar el sobre. Seguía sin convencerse del todo.

—No sé —dijo cautelosamente—. No son monos marinos normales. Vinieron en el correo mágico y a papá no le gusta que lo abramos sin estar él delante. Algunas cosas pueden ser peligrosas.

Kelbo se estaba impacientando.

—Vale. Lo entiendo —dijo tratando de convencer a Alex con su lógica—. Pero tu padre no es tu profesor, tu profesor soy yo. Y si algo sale mal podemos arreglarlo con magia.

¿Cómo iba a discutir eso?

—De acuerdo. ¿Pero no se necesita agua para los monos marinos?

En el mismo momento en que lo decía, Kelbo rasgó el sobre y salió un chorro de agua.

—Al parecer, no —dijo Alex corrigiéndose.

Kelbo cogió una taza, la sostuvo bajo el chorro y dio un buen trago. ¡Pero seguía saliendo agua sin parar!

—¡Eso no sirve de nada! —gritó Alex. El agua salía ahora a borbotones—. ¡Arréglalo con magia! —chilló horrorizada.

—Mmmm. Vale, vale, vale —dijo Kelbo fingiendo conocer la solución—. ¡Ya lo tengo!

Alex miró a su tío muy nerviosa. Ahora, el agua salía del sobre más deprisa todavía. ¡A aquel ritmo, la habitación estaría completamente sumergida en cuestión de minutos!

De repente, su tío parecía muy preocupado.

—¡No puedo! —gritó—. ¡Estoy histérico!

Alex también estaba histérica. ¿Cómo era posible que su tío no supiera arreglarlo? Su padre la iba a matar... ¡Y eso si no se ahogaba antes!

Capítulo Siete

Max vio a Justin sentado en una de las mesas del restaurante. Se colocó una redecilla para el pelo en la cabeza y fue hacia donde se encontraba su hermano.

—¿Adivinas quién soy?

Carraspeó e intentó hablar poniendo una voz aguda.

—Soy la camarera. Estoy enamorada de Justin. Dame un beso, carita de muñeco.

Justin se apartó de Max mientras este intentaba besarle.

Max se echó a reír, y no paró hasta que vio que un hombre entraba en el restaurante hecho una furia.

—¡Vaya! ¿Qué hará aquí el entrenador Gunderson? ¿Y por qué estará tan enfadado? —preguntó Max.

El entrenador se acercó a la mesa de Justin resoplando. Miró a los dos chicos.

—¿Cuál de vosotros dos es Justin Russo? —preguntó.

Max y Justin se señalaron mutuamente. Justin sabía que el entrenador Gunderson era famoso, y no precisamente por su amabilidad.

—Creo que eres tú —dijo señalando a Justin—. No te duchas después de gimnasia porque tú no sudas. Porque no haces ningún esfuerzo.

—Hola, entrenador —saludó Justin suavemente, tratando de tranquilizarlo.

—¿Cómo se te ocurre escribirle cartas de amor a mi novia, la camarera? —le interrumpió el entrenador.

—Ah... —balbuceó Justin—. Ella me había dejado notitas en la taquilla y yo solo intentaba rechazarla amablemente.

La señora Russo oyó el escándalo desde el otro lado del restaurante y se acercó a la mesa.

—Perdone. ¿Qué pasa aquí?

—Su hijo intenta decirme que recibe cartas de amor de mi novia, la camarera —el entrenador parecía escupir las palabras.

Ahora era la señora Russo la que se había quedado sin habla.

—¿La camarera? —preguntó sorprendida—. ¿Me dejas ver una de esas notas?

—Yo tengo una —dijo Max sacando un trozo de papel rosa del bolsillo. Le dio la nota a su madre y Justin lo fulminó con la mirada. Max salió disparado hacia la cocina, imaginando que ya había causado suficientes daños por ese día.

La señora Russo leyó la nota en voz alta.

—Me encanta el sable de luz de tu lámpara de noche —recitó.

Dejó de leer inmediatamente y miró a Justin.

—¿Cómo sabe la camarera que tienes un sable luminoso de lámpara?

En ese momento, Justin comprendió perfectamente cómo sabía la camarera lo de su lámpara.

—Alex —explotó furioso.

La señora Russo también lo entendió todo en ese preciso momento.

—Alex es mi hija de catorce años y se dedica a fastidiar a su hermano —explicó al entrenador.

—Lo entiendo —su expresión se suavizó—. ¿Aún duermes con la lámpara encendida? —preguntó a Justin.

Este asintió.

—Bien. La oscuridad puede llegar a ser terrible. Siento haberte gritado. La camarera dice que me pongo muy celoso —se echó a reír un poco avergonzado y salió enseguida del restaurante.

La señora Russo y Justin se quedaron mirando al entrenador. De repente, un grito se oyó en la cocina.

—¡Papá! —gritó Justin al entrar.

El señor Russo aparecía tirado en el suelo bocarriba.

—¿Cariño, estás bien? —la señora Russo corrió hacia él.

—Ah, sí —respondió el señor Russo tembloroso mientras se levantaba. Tenía la cara llena de nata de la tarta que llevaba en una bandeja—. No sé lo que ha pasado —dijo retirándose nata montada de la frente.

—Yo sí sé lo que ha pasado —Max señaló la puerta de la guarida—. Sale agua de ahí.

Todos se volvieron a mirar.

—¿Quién está en la guarida? —preguntó la señora Russo, preocupada.

Justin se acercó a la puerta.

—Alex y Kelbo. Están los dos dando la clase ahí dentro.

—Veamos —dijo el señor Russo tratando

de mantener la calma—. Alguien tiene que entrar ahí.

Pero la señora Russo no estaba tan calmada como su marido.

—No sabemos cuánta agua hay dentro. Si abrimos, podríamos inundar el restaurante.

Justin dio un grito ahogado. ¡Aquello era grave! Miró a su padre.

El señor Russo consideró la situación potencialmente desastrosa. Tenía que actuar rápidamente —y con prudencia—. De repente se le ocurrió una idea.

—¿Recordáis el hechizo de hoy? —le dijo a Justin—. ¿Lo de desplazarse tres metros? ¡Venga!

—¡Vamos allá! —gritó Justin.

—¡Sí, pero espera! ¡Espera! ¡Enseguida vuelvo! —salió de la cocina corriendo y volvió rápidamente con un traje de submarinista—. Ya estoy listo. Más vale prevenir que curar —dijo al ver que su mujer lo miraba con las cejas levantadas—. Justin, méteme ahí dentro.

Justin inspiró profundamente. ¡No podía estropearlo todo!

—¡*Tresmetrus movetrus*! —gritó.

Esperaba que el hechizo funcionara.

Capítulo Ocho

Dentro de la guarida había dos monos marinos flotando en el agua.

—¿Cómo es que puedo respirar bajo el agua? —preguntó Alex mientras nadaba.

—Ahh... Será porque somos monos marinos —respondió Kelbo.

—¡Haz algo! —gritó. No entraba en sus planes convertirse en un mono marino flotando por ahí con antenas enroscadas y cola de sirena.

—Tranquila —dijo Kelbo tratando de convencerla—. He estado en situaciones mucho peores que esta. Imagínate lo mismo pero con lava hirviendo.

—¿Por qué estabas en lava hirviendo? —preguntó Alex, intrigada.

—Bueno, baste con decir que no sé hacer café —contestó Kelbo.

En ese momento, Alex vio a su padre flotando en la habitación vestido de submarinista.

—Abristeis un paquete de monos marinos mágicos, ¿a que sí? —preguntó su padre a través de la máscara en cuanto la vio.

—Un poquito —confesó Alex.

El señor Russo estaba disgustado pero sabía que tenía que sacarlos a todos de aquella situación antes de ponerse a pensar en otra cosa.

—Conozco un conjuro para arreglar esto. Alex, repite conmigo: «Tengo la cabezota hueca».

Alex obedeció.

—Tengo la cabezota hueca —repitió—. Espera un momento. Eso no es un conjuro

—dijo al darse cuenta de lo que acababa de decir.

—No. Ya lo sé —dijo su padre sonriendo—. Pero quería oírte decirlo.

Kelbo se acercó a su hermano y agitó su larga cola verde de mono marino.

—Si aquí hay algún cabezota hueca —dijo en broma—. ¡Es este mono marino!

—Vaya. ¿Quién se sabe algún conjuro que nos saque de este lío? ¿Nadie? —preguntó el señor Russo mirando a su hermano—. ¡Eh, espera, yo sí! —dijo respondiendo a su propia pregunta y nadando hacia Alex—. Bien, Alex, di esto: «*Deshidratus guaridus, monus escapus*».

—*Deshidratus guaridus, monus escapus* —repitió Alex.

El agua desapareció instantáneamente. ¡Siempre se podía contar con el señor Russo para que acudiera al rescate!

Alex estaba en el cuarto de estar de la familia Russo con sus hermanos, sus padres y su tío. Intentaba secarse con una toalla.

—No lo entiendo. Kelbo dijo que podía solucionarlo, pero lo cierto es que no pudo... y en cambio papá sí —dijo mirándolos a los dos. Kelbo llevaba una toalla enrollada en la cabeza—. Pero papá ya no es mago —añadió desconcertada.

—Bueno, tú padre siempre fue mucho mejor mago que yo —reconoció Kelbo.

—Eso no puede ser verdad —dijo Justin—. Solo un mago de cada familia puede conservar los poderes. Si papá hubiera sido mejor, habría conservado sus poderes.

Kelbo se volvió hacia el señor Russo, impresionado.

—¿Entonces, no se lo has contado? —preguntó a su hermano.

Alex dio un paso adelante. ¿Qué les estaban ocultando?

—¿Contarnos qué?

—Cariño, creo que ya son bastante mayores —dijo la señora Russo poniéndose al lado de su marido.

Max dio un salto.

—¿Vais a comprarnos un kart? —gritó.

—No —dijo su padre moviendo la cabeza.

La señora Russo se acercó a sus hijos.

—Cuando Kelbo y vuestro padre competían por conservar los poderes de mago, el que ganó fue vuestro padre —les dijo.

—¿Qué? —exclamó Alex. No podía creer que no le hubieran contado esa historia. Ella creía que su padre había perdido en la competición familiar de magos.

Su madre continuó.

—Pero los magos solo pueden casarse con magas —dijo acariciando con cariño el hombro de su marido—. Y vuestro padre cedió sus poderes a Kelbo para poder casarse conmigo.

Alex fue hacia sus padres sonriendo.

—Eso es lo más bonito que he oído en mi vida.

—¿Cambiar tus poderes por una chica? —preguntó Max, incrédulo.

—Es verdad —asintió Justin—. ¡Es ridículo!

—Chicos, si papá no hubiera cedido sus poderes, ninguno de nosotros estaríamos aquí —dijo Alex a sus hermanos.

—Sí —el señor Russo asintió con la cabeza—. Tomé la decisión correcta entonces y la mantengo —dijo abrazando con fuerza a su mujer.

—Tenía que haberme quedado contigo, papá —le dijo Alex comprendiendo el error que había cometido—. ¿Seguirás siendo mi profesor de magia?

Kelbo dio un salto hacia delante.

—Por favor, te lo suplico, ¿vale? —rogó al señor Russo—. Acéptala. Ya me conoces. No lo controlo. Me distraigo y me descuido, y luego... —se llevó las manos a la cabeza y tocó la toalla—. ¡Oh, qué toalla tan suave! ¿Lo véis? —dijo al darse cuenta de que se había desviado del tema—. ¡Me distraigo!

—Ya lo hemos entendido —dijo el señor Russo—. Cariño, seré tu profesor —añadió volviéndose a Alex y poniéndole la mano en el hombro.

Alex sonrió. Luego miró a su tío.

—Pero tú sigues siendo mi tío más divertido —dijo —porque ¿quién más puede decir que ha sido mono marino aunque solo fuera un ratito?

—Pues, la verdad, toda la gente que conozco —confesó Kelbo riéndose—: les he hecho abrir el mismo paquete a todos porque me encantan los colores del envoltorio.

El señor Russo miró la hora.

—¡Guau! Va a empezar el partido de baloncesto.

—¿Puedo verlo contigo? —preguntó Alex, deseando pasar un rato con su padre.

—Sí, cariño, me encantará —dijo su padre sonriendo.

—¡Espera, espera, espera! —dijo Kelbo—. Tengo una idea. ¡Podemos verlo todos juntos!

Antes de que nadie pudiera decir nada, Kelbo recitó un conjuro que llevó a toda la familia al palco de los magos, en la cancha de baloncesto.

—¡Eh! ¿Queréis ver algo divertido? —preguntó Alex cuando se instalaron en sus asientos—. Sujetaos la cabeza así.

Les enseñó a ponerse las manos sobre las orejas y sujetar.

Max, que no estaba atendiendo, se perdió las instrucciones.

—¡Eh! Oye, ¿qué estás diciendo? —preguntó. Pero nadie le oyó.

—*Cranius revolvius* —gritó Alex.

Como no había oído las instrucciones, la cabeza de Max se puso a girar al mismo tiempo que las de los demás magos del palco. ¡No le hizo ninguna gracia! Pero los demás se rieron mucho.

Mientras disfrutaba con ellos, Alex se dio cuenta de lo mucho que le gustaba estar con su familia. Aunque a veces era duro ser la hermana pequeña de Justin, y aunque su padre era estricto en ciertas ocasiones, ¡no habría cambiado ser una Russo por nada en el mundo!

Más aventuras en tu próximo libro . . .

Cambio total

Adaptado por Heather Alexander

Basado en la serie creada por Todd J. Greenwald

lex Russo se cepilló lentamente el pelo, largo y ondulado. Miró su reflejo en el espejo del cuarto de baño y luego miró la hora.

—¡Ay va!

Tarde, como siempre.

Cogió una horquilla brillante y se la colocó. Salió corriendo y bajó las escaleras de caracol que llevaban al restaurante de la familia, el Waverly Sub Station, en el barrio de Greenwich Village, en Nueva York. Mientras corría escaleras abajo casi choca con sus dos hermanos,

Justin y Max, que bajaban delante de ella. Ellos también llegaban tarde.

Cuando entraron a toda velocidad en la cocina, su madre ya estaba esperándolos. Había metido sus almuerzos —cortesía de su tienda de sándwiches— en bolsas de papel marrón.

—Alex —reclamó la señora Russo al verla con una camisa de manga corta—. Deberías ponerte una chaqueta. Hace mucho frío fuera.

Alex puso los ojos en blanco. A veces su madre era un poco demasiado protectora. No hacía tanto frío, pero sabía que insistiría.

—Vale, me pondré una chaqueta —aceptó chasqueando los dedos.

Al instante apareció sobre sus hombros una chaqueta blanca de tela vaquera.

—¡Eh! —gritó el señor Russo saliendo de detrás del mostrador.

—¡Hola! —respondió Alex a su padre.

—No he dicho «¡Eh!», he dicho «¡¡EEH!!» —hizo que sonara enfadado—. Cuando tu madre dice que te pongas una chaqueta, significa que vayas a buscarla, no que la hagas aparecer.

—Tampoco es para tanto. Solo es una chaqueta —refunfuñó Alex.

No sabía por qué estaba enfadado su padre. Sabía que tenía poderes mágicos. Como Justin y Max. Él también había sido mago, pero renunció a sus poderes al casarse con una no-maga.

Sin embargo, solo uno de los hermanos Russo podría conservar sus poderes cuando cumplieran dieciocho años. Hasta entonces, intentarían aprender toda la magia posible. Por supuesto, nadie debía descubrir que eran magos. La única que lo sabía era la mejor amiga de Alex, Harper Evans, que había jurado guardar el secreto. Pero el restaurante estaba vacío en ese momento.

—Sí es para tanto —insistió su madre—. Hoy es solo una chaqueta, pero ¿cuánto tiempo tardarás en hacer aparecer una calculadora en un examen de matemáticas?

—Primero se hacen trampas en matemáticas y luego en todo lo demás —sentenció su padre severamente—. Luego ocurre esto, luego lo otro... y luego acabas en la cárcel —remató en tono lúgubre.

—¿Luego ocurre esto, luego lo otro? —Alex no podía creerlo: ¡sus padres eran muy dramáticos!—. ¿Solo por no querer subir las escaleras?

—Bien: sube las escaleras, quítate la chaqueta, luego bajas y te la vuelves a poner —zanjó su padre.

Alex suspiró: sabía que esta vez no se saldría con la suya. Volvió a las escaleras de mala gana.

—Todo sea por no ir a la cárcel —protestó mientras subía.

—¡Eh, Max! ¿Qué llevas en esa caja? —preguntó la señora Russo a su hijo.

Se acercó a una de las mesas e inspeccionó una caja de zapatos que había junto a la mochila de Max.

—Es mi diorama de Marte para el colegio —respondió el niño muy orgulloso.

La señora Russo metió la mano en la caja y sacó un puñado de arena.

—¿Dónde está Marte? —preguntó riéndose mientras dejaba caer arena entre los dedos—. Esto no es más que arena de playa.

—Es que es un planeta... —Max sacó la hoja que les había dado la profesora— totalmente yermo.

—¿Qué quiere decir yermo? —preguntó Justin desafiándole. A Justin le encantaban las palabras. Es más, le encantaba todo lo relacionado con el colegio. Pero, claro, es fácil que te guste el colegio cuando eres uno de los más listos.

Max miró su proyecto.

—¿Arenoso? —respondió no muy seguro.

Su madre suspiró.

—Ya hablaremos más tarde. Tienes que estudiar un poco más, jovencito.

—Vamos —dijo Justin cogiendo el diorama de su hermano—. Llevemos tu caja de arena al colegio antes de que la encuentre algún gato.

Max salió detrás de Justin refunfuñando. La noche anterior creía haber hecho un trabajo decente. Ahora se daba cuenta de que su caja de zapatos de Marte parecía una caja de arena para gatos. ¡Esperaba que su profesora tuviera imaginación!

Alex bajó la escalera a saltos por segunda vez esa mañana.

—¿Veis? Llego tarde —señaló el reloj—. ¿Puedes escribirme al menos una nota? —preguntó a su padre.

—Claro —asintió su padre de mala gana, sacando su libreta de pedidos y un lápiz.

—Bien —Alex se quedó pensando un segundo y luego empezó a dictar—: Querido director, Alex llega tarde porque su padre es un cascarrabias que no le deja usar la magia para ponerse una chaqueta.

Miró a su padre. No sonreía. Ni escribía.

—Vale, me marcho corriendo a clase —decidió. Agarró su bolsa y salió a toda prisa.

No había caminado ni una manzana cuando vio a un compañero de clase en la otra acera, que llevaba una carpeta enorme.

—Ahí está T. J. —dijo en voz alta.

T. J. iba también al instituto Tribeca.

Mientras pensaba en acercarse y saludarlo, T. J. tropezó en una grieta de la acera. Salió disparado hacia delante y la carpeta se le escapó de las manos. Alex no quería ni ver lo que iba a pasar. Sin embargo, el tiempo pareció detenerse: T. J. se quedó flotando en el aire en plena caída y su carpeta también. Alex dio un grito ahogado al ver que la carpeta se daba la vuelta y volvía, volando, a los brazos de T. J., que se ponía de pie como por arte de magia. Miró a su alrededor y ¡puf! Desapareció.

—Oye, eres un... acabas de... ¿Qué...? —Alex estaba tan sorprendida que no le salían las palabras. ¿Había visto de verdad lo que creía que había visto? ¡Pues claro que sí!

—¡Un mago! — consiguió gritar.

Acababa de descubrir a otro mago de su edad ¡E iba al mismo instituto!

Más aventuras en el próximo libro de
Los magos de Waverly place . . .